目錄

利特 / LeeTeuk

希澈 / HeeChul

始源 / SiWon

藝聲 / YeSung

圭賢 / KyuHyun

神童 / ShinDong

上｜2007年6月來台參加第18屆金曲獎頒獎典禮，擔任頒獎嘉賓。
下｜2017年，Super Junior成員回歸宣傳第八張專輯《Play》記者會，遺憾無法全員到齊。

Super

2018年7月，厲旭退伍了！Super Junior成員們親赴現場迎接。
厲旭 / RyeoWook

2019年4月Super Junior-D&E東海和銀赫，於首爾舉辦演唱會，吸引了七千多名粉絲。
東海 / DongHae｜銀赫 / EunHyuk

I AM
進入之前

嘶⋯
呼～！

緊張嗎？

嗯。

不管登上舞台幾次，每到這時候都還是會很緊張。

特別是今天！

哇啊～

哇啊啊～

因為⋯

哇啊啊啊～

這是時隔10多年來，
所有成員一起
站在舞台上的日子！

哇啊～

啊啊啊啊

哎呀
我的腿、肩膀、膝蓋！

癱軟

10年前我們也曾充滿活力的
在舞台上跑跳過…對吧？

第1章

極限職業，偶像練習生

2002年

距離2002 FIFA韓日世界盃倒數100天，
那股風逐漸升溫。

我出門囉。

今天放假，
怎麼不多休息。

因為馬上就要出道了，
還有很多要準備。

SM娛樂的練習生一正洙就快要出道了。

離世界盃沒剩多久了。
實在太忙了，
沒想到時間過那麼快。

喂～正洙！

聽說你馬上就
要出道了？

咦？
你怎麼知道
這個祕密？

我可是你的
頭號粉絲耶！
真是明知故問～

哈哈‥

進行到什麼程度
了啊？稍微透露
一點給我吧。

嘘！

竊竊

私語

已經結束
專輯錄音了,
再過一陣子就要拍攝
專輯封面了。

哦～好厲害!
我的朋友終於
要成為藝人了嗎?

成為超級明星的話,
想要在路上碰面都不容易了,
是不是要先跟你要簽名,
一起拍張照啊?

太夢幻了～

你別高興得
太早。

你聽到了嗎?
那個人好像是
藝人。

我沒看過
他耶!

他馬上就要從SM娛樂
出道了,長得很帥吧?

呃！

再過不久，他就會成為世界級的超級明星了，要不要先跟他要簽名呢？

喋喋

不休

哈哈哈～不用啦。

加油哦！

咦？你們會後悔的。

嗯嗯…別這樣，好害羞哦。

彆扭

有什麼好害羞的？我可是為你感到驕傲呢。

光是要走到這裡，就花很多時間了。現在只要能出道，就已經覺得很感動和感激了。

出道並不代表結束，反而是新的開始。朋友啊，眼光得放遠一點。

呼～
先休息一下再跳吧！

哈啊～
好渴！

我也要
喝水！

啊，
時間怎麼過得
那麼快…！

明天見，
我得去打工了。

我也有事，
得先走了。

經過漫長的練習生生活，
終於要出道了。

你聽說了嗎？
正洙他們的團⋯

嘰嘰

喳喳

正洙？我？

在說些什麼呢？

聽說公司決定將無限期延後出道，真不知道該怎麼跟孩子們說。

什麼？不是已經準備好了嗎？聽說連專輯錄音都結束了，不是嗎？

就是說啊。

是什麼原因呢？

當然是因為世界盃的足球風潮已經遠遠超乎了想像，時機不好啊。

話雖如此，不過這段時間準備的人怎麼辦呢…

無限期延後？

原本以為這次一定沒問題的說…！

跌坐

嘖嘖…
怎麼看都覺得沒有比得
上我兒子的人。

我們鐘雲
不論唱歌還是跳舞
都不落人後。

果然是我媽媽！
真有眼光。

當然囉，
你是誰的兒子呀！

呵呵

鐘雲在媽媽積極的推薦下，開始挑
戰成為偶像歌手。

不要只光說不練，
要不要挑戰看看呢？

真的嗎？

感覺他已經具備
主唱的資質了耶？

稍微再訓練一
下就行了。

不過…

哈啊…

…

我還以為只要通過試鏡，就能馬上出道了。居然當了4年的練習生…

鐘雲對茫然的未來感到不安，決定放棄當歌手的夢想。

雖然可惜了這段時間，但不能再這樣浪費時間了。

很遺憾，但這好像不是我該走的路。

和爸爸媽媽說我放棄了的話，
他們會怎麼說呢？

咦？

原來…
天安也有演唱會啊。

鐘雲放棄歌手的夢想回到故鄉，沒想到最先在他眼前出現的是SM娛樂
公司旗下偶像團體演唱會的消息。

妳會去演唱會嗎？

當然囉！俊秀哥哥正在等著我呢。

我會和俊秀哥哥結婚的，妳趕快放棄吧！

哼！

俊秀⋯去年還跟我一樣，只是個練習生而已⋯

真羨慕那傢伙！

鐘雲⋯

哦，
媽媽！

媽…媽媽…
您怎麼哭了…

我的兒子，很累
吧？這段時間心裡
該有多難受啊。

緊抱

沒…沒事啦。

我還以為
只有我很辛苦…
原來不是這樣啊。

一直守護著我的家
人們也很辛苦。

SM娛樂是主導韓國演藝界最大的集團，他們對藝人的支援可說是無人能敵。

因為全世界想要成為明星的年輕人都等著踏入SM娛樂⋯所以競爭的激烈程度也遠遠超出想像。

如果說其他演藝企劃公司是普通的紫菜包飯，那麼SM娛樂就是起司⋯

啊，吵死了！

這樣我沒辦法專心切紫菜包飯！

請多給我一點關東煮湯。

2001年，東海成為了SM娛樂的練習生。

哈～這裡就是傳說中的SM娛樂啊！

嗚哈哈哈

李東海，你要成為超級明星了！

耶呼！

練習生請往左側最後面的房間走。

啊⋯是。

搖頭

不過我不是練習生，我是未來的超級巨星，我以後要負責SM娛樂⋯

抖抖抖

嗯，練習生請往那邊走。

是。

噴！真是不會看人，我可是多麼優秀的人才啊！

三丈

火冒

天啊！這些人…是？

嗒嗒

那個，剛剛進來的練習生！請找空位坐下。

天啊！這些人全都是練習生嗎？

「練習生」是指有發展性，與演藝企劃公司簽訂合約，並進行訓練的「歌手候補生」。

顧名思義，只是被認為有發展性，並不完全具備歌手的資質。

也就是說，被選為練習生，不代表會出道，對吧？

啊…！

原來並不是跟想像中一樣的容易啊。

大家今後將接受包括音樂和舞蹈在內的各種教育，也會定期接受評估。

我真像一個笨蛋…把事情想得太容易了。

35

你不覺得，那邊那個人長得很帥嗎？是藝人嗎？

啊～那個人！

他是SM娛樂的練習生，認識的都是名人。

是嗎？為什麼？

我也希望我是個創作歌手。

嗚嗚

嗚嗚

天啊！你看那個人，他是在哭嗎？

咦？真的耶！

該不會是被自己寫的歌詞感動了？

應該是哦！

希澈哥！

哦，東海！

果然是藝人。

大拇指

讚

他們都不懂我的心情！

希澈你對搖滾樂的熱情真是絲毫未減耶！

沒什麼啦。

呼～ 呼～

不過你不是在準備成為舞蹈團體嗎…

再加上現在是練習跳舞的時間！

吼吼

挖耳朵

呼～ 呼～

天啊，好可怕哦…

每天看的話就習慣了啦。

由於希澈對音樂見解和公司追求的方向不同，所以有著嚴重的分歧。

不管怎麼說，我和公司偏好的音樂好像不太一樣。

呵呵

這個哥哥…還真是特別啊。

喂！

啊！好燙…！

赫宰和俊秀是SM娛樂的同輩練習生，也是好朋友。

怎麼了？
你怎麼在發呆？

啊，
我想到以前的
事情。

以前的事？

你還記得
那個嗎？

41

接下來是國內最年輕的選手！
國小舞蹈團S.R.D的表演！
掌聲鼓勵！

唉唷～

唉唷～

國小生赫宰和俊秀親自組了舞蹈團，夢想著成為歌手。

哇～
那個小鬼
也太強了吧？

他那個實力，肯定不是練了一兩天而已！

哦哦～！

那個，S.R.D的朋友們，叔叔我是新聞記者，可以採訪一下你們嗎？

嗚哇，採訪嗎？

當然沒問題囉！

…等我升上高中，我就要正式出道了。

雖然有些大人覺得不妥，但跳舞真的是很適合我們的工作！

那時候還以為馬上就能成為歌手呢。

是說啊，哈哈！

從那個時候開始我們就一起跳舞，也認識好久了，對吧？

唉唷～

以後我們也會一直在一起的，你怎麼突然說那種話呢？

嗯…是嗎？

不過其實我有話要說…

喂～俊秀！

聽說你這次加入了馬上就要出道的團體啊？恭喜！

啊…

原來他要說的是這個啊。

對不起。

有什麼好對不起的？事情又不是你能決定的。

又不是說我們一定要在同一個團體出道，不是嗎？

那也是…

總有一天也會輪到你的，只是時間問題而已啦！

謝謝你這麼說！

唉唷～別擔心啦！

我有事，先走囉！

一點一滴累積的夢想感覺瞬間崩塌了。

一直以來，為了夢想一起努力的朋友先出道了，使赫宰陷入深深的憂愁中。

Super Junior05？

哦～名字真帥！我喜歡！

不過不論是Super Junior，還是後面的05，有什麼意思嗎？是出道的年份嗎？

差不多，就是表示你們活動的年度。

咦？那2006年之後呢？

該不會只在2005年活動就草草結束了吧？

噗哈哈～怎麼可能啊！

沒錯。

呃！

什…什麼！騙人！

我也能成為
KPOP偶像嗎？

★ ★ ★

華麗的時尚風格，迷人的歌聲，引人注目的刀群舞…
不只是視覺享受，還讓人大飽耳福，要怎麼樣才能成為這種偶像呢？

◆ 我也能成為KPOP偶像嗎？

　　要成為偶像歌手的話，需要哪些能力呢？出色的歌唱與舞蹈實力？帥氣和美麗的外貌？據演藝企劃公司表示，歌唱和舞蹈實力越強確實越有利，但出乎意料的是這並不是絕對的要素。因為練習生期間可以從專家那裡接受有系統的教育，而且練習時間也很充足。一定要長得漂亮或長得帥這種想法可說是刻板印象，聽說他們更偏好給人帶來好感的形象或有個性的外貌。

　　那麼，偶像志願生最應該具備的資質是什麼？其實是對毅力、耐心和學習的積極態度，也就是說偶像這個職業需要學習許多新事物。

　　最近也有許多明星因為出道前的不良行為曝光，處境因而變得不堪，所以善良、正直的人品也被認為是重要的一點。

💎 成爲偶像歌手

Step 1 - 準備試鏡

以偶像出道的途徑大致分為三種。第一種是參加演藝企劃公司定期進行的試鏡選拔，第二種是出演電視選秀節目並獲獎，第三種是從演藝企劃公司收到練習生的提案。演藝企劃公司會從小規

模的演出活動或相關大賽參加者中對有發展性的志願生進行挖角。不過這種情況不僅僅要靠實力，運氣也很重要。

Step 2 - 練習生生活

從激烈的競爭中勝出，與演藝企劃公司簽訂合約，就能成為正式的練習生。

從那個時候開始，就得為了成為偶像歌手接受專業的教育。以歌唱和舞蹈為主，包括樂器、作詞作曲、外語和演技課程。當然所有費用都會由演藝企劃公司支付，因為培養練習生就等於為開發商品而投資。但是，在一定期間內，會對練習生的實力進行評估，而沒有發展性的練習生就會毫不留情地被淘汰掉。

Step 3 - 準備出道

演藝企劃公司以國內外音樂市場的潮流和流行、粉絲們的取向等多種要素為基礎企劃新的偶像團體，然後從眾多的練習生中選拔出適合團體的成員。以這種方式組成的團體被稱為「出道組」，從被選入出道組的那一刻開始，作為偶像歌手的生活就開始了。練習生們會被分配到另外的宿舍，和成員們一起生活，開始為出道進行具體性的訓練，據說那段時間比任何時候都還辛苦。

Step 4 - 出道與活動

艱辛的出道組訓練會在登上出道舞台後結束。但是，出道後並不是在一夜之間就能成為明星，還只是默默無聞的偶像而已。從這時候開始，為了向社會大眾宣傳團體和團員，必須登上大大小小的舞台。因為目標是要在

短時間內盡可能地透過越多活動向大眾宣傳自己的存在，所以出道後總是忙到連睡覺都沒時間。

Step 5 - 出道後

關於新人偶像團體的成功和失敗與否，通常在出道3到6個月後才能判斷。成功的團體可以確保下一張專輯的發行和作為藝人的活動，不過失敗的團體會被解散，重新回到練習生身分。當然也有就算出道專輯沒有成功，也依然約定再準備第二張專輯的情形。有時候也有在偶像歌手的領域中沒能獲得好成績，卻意外發現其演技、MC等特別才能，而走上嶄新道路的例子。

ARTIST

隱藏在華麗背後的影子

★★★

華麗耀眼的偶像！不過只要有光，就一定存在著陰影。
在「偶像歌手」這種職業的背後會藏著什麼樣的苦衷呢？

💎 你所看見的並不是全部

電視裡的偶像明星總是看起來很享受很開心，但是你所看見的並不是全部。明星們因為長相和名字而廣為人知，承受著比想像中更大的不便和痛苦。即使是小小的失誤，也會受到惡評洗禮，或被荒謬的謠言折磨，甚至受到陌生人的批評或威脅，這種情況也頗為常見。由於他們沒有足夠的時間可以收拾自己疲憊的身心，據說，也有許多明星因此患有憂鬱症或恐慌障礙。

💎 偶像明星的收入結構

相信有很多人都認為，偶像歌手們透過自己喜歡的舞蹈和歌唱就能輕鬆地賺到錢，實際上卻並非如此。原因很簡單，就是因為演藝企劃公司拿走了大部分的收入。因為從練習生到出道為止的所有教育費用，以及唱片製作費用都由演藝企劃公司「投資」，當然，在偶像歌手進行活動時，也會不斷地產生費用。

♦ 缺乏社會性和獨立性的外部環境

偶像練習生因為忙碌的
行程，經常會錯過同齡朋
友們所學習和體驗的東
西，學業量不多，交朋友
的機會也很少。再加上出
道後由演藝企劃公司安排
的行程，還有經紀人的幫
助，在生活上經常會出現

缺乏社會性和獨立性。雖然在舞台上表現得完美無缺，但在日常生活中卻
一無所知，像一個受人操控的人偶。

♦ 唯利是圖的演藝企劃公司

偶像是從事文化產業的「勞動者」，而演藝企劃公司是企劃、製作、銷
售偶像歌手商品的公司。偶像和公司是為了彼此利益而訂立契約的關係，
但問題是，比起偶像明星，演藝企劃公司擁有更大權力，因為從發掘練習
生到出道的所有過程都由演藝企劃公司做決定，所以部分演藝企劃公司會
因對偶像簽訂不利條件的合約，產生問題。

第2章

夢寐以求的
出道舞台

充滿希望的練習生們聽到了令人出乎意料的消息。

Super Junior是以實驗團的概念所企劃的團體。作為參考，實驗團是指按照一定的順序進行替換的意思。

在偶像團體中導入了畢業和入學的概念，當專輯活動結束時，成員們就要從團體畢業。

而下一張專輯則是新入學、你們的後輩歌手們的事。

你們將以Super Junior第一期入學生的身分,進行大約3個月的活動。

只進行3個月的活動就要替換掉所有的成員嗎?

那…那麼畢業的成員該怎麼辦呢?

說好聽點是畢業,不就是三個月之後就會解散的意思嗎?對吧?

之後…應該會各自以個人身分進行活動吧?

為什麼非要
採取這種方式呢？

這是為了透過
各種嘗試才能表現出
差異性。

1輯活動

休息與準備

2輯活動

・・・

就像你所知道的，歌手
們在專輯活動後到發表
下一張專輯為止，會暫
時停止活動。

沒錯，所以才需要
休息，也需要時間
來進行下一張專輯
的作業。

如果是舞蹈團體的
話，也需要時間編
舞和練習。

就是這個，問題是那段時間可能需要幾個月，最長甚至需要幾年。

你以為就這樣嗎？在活動中健康狀態可能會變差，還要去當兵⋯

那又怎麼樣呢？

演藝界的新人歌手層出不窮。

無論是再怎麼有人氣的明星，也是一瞬間就從大眾的記憶中被抹去了。

那麼，意思是說要沒有空白期，都不休息地一直進行活動嗎？

所以我才提出實驗團這種想法啊。

接下來就拜託你了！

實驗團與目前的團體不同，具有沒有休息期或空白期的優點。因為第一期成員的活動結束後，下一期成員可以馬上繼續活動。

沒問題！

另外，可以隨時更換成員或引進新成員…

也可以不看歌迷的臉色，在音樂、舞蹈、時尚等方面嘗試突破性的變化。

而且還能提供更多練習生出道的機會，不是很棒嗎？

不過那些都只是站在公司的立場不是嗎？

粉絲們也會喜歡這種型態嗎？

有一直支持著自己喜歡的明星的粉絲，也有許多大眾喜歡新面孔呀。

難道我們不是藝人…只是個零件嗎？

還有，除了聚集在這裡的人，還會再新增幾個成員。

還有其他成員嗎？

有幾個人呢…？

反正就是超大型團體啦。

製作人今天看起來特別冷靜，是我的錯覺吧？

就當作是這樣吧。

哈啊～終於有出道機會了，不過竟然是實驗團！

這根本是要把好幾年沒出道的長壽練習生們處理掉的陰謀！

天啊！

好像是這樣耶？

我不幹了，我要回家。

別這樣，哥！

唉，我也不幹了！都當了5年的練習生，竟然被當作一次性商品！

不過…

雖然這個辦法遠遠不及我們的努力和期待…不過你們不想好好登上舞台一次嗎？

站上屬於我們的舞台！

說不定…
這是我們最後的機會了。

最後的機會！

實在不可否認！

沒錯，如果這樣都無法擺脫練習生的身分的話…那至少要站上舞台一次，不是嗎？

嗯，是這樣說沒錯。

好，那我也要挑戰看看！

嘖嘖…真是出爾反爾啊！

那哥哥你呢…？

我也得試試看啊。

咳咳

64

不久後

來介紹一下
新成員。

始源！
因為帥氣的外貌，
已經在粉絲間
小有名氣。

厲旭！
獲得2004年
CMB歌謠祭銀獎的
天生主唱！

多才多藝，
有著超高爆發力的東熙
也是個才華洋溢的人。

還有…

天啊～還有嗎？

已經
八個人了耶…

65

不知道粉絲們
喜歡哪種風格，
所以全都準備了！

嗆嗆！

一首歌要分給十二
個人唱的話，一個
人連一個小節都唱
不到耶？

這麼多人能
同時站到舞台上嗎？

七嘴

八舌

就是說啊。

事情都還沒發生，
先別急著擔心，
等遇到問題再解決也不遲。

正洙…
不愧是大哥，
真是有領導能力。

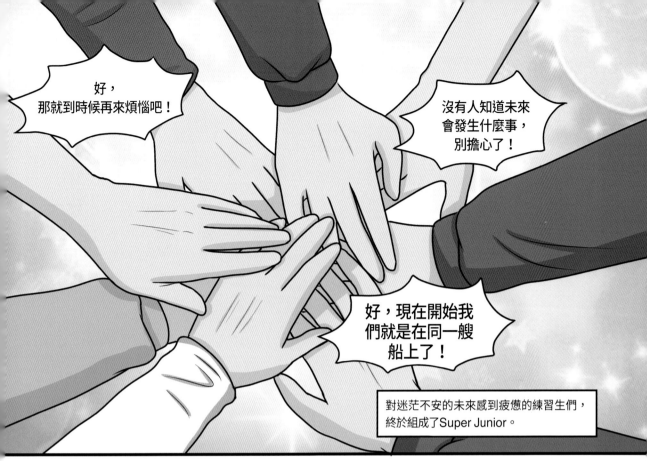

好，那就到時候再來煩惱吧！

沒有人知道未來會發生什麼事，別擔心了！

好，現在開始我們就是在同一艘船上了！

對迷茫不安的未來感到疲憊的練習生們，終於組成了Super Junior。

哦，大家都在呀。

突然

啊，代表！

彎腰

彎腰

您好！

你們聽過「登龍門」嗎？

登就是「由低處向高處移動」的意思，龍門則是中國黃河上流溪谷的名稱。

龍門的水勢非常湍急，所以有著成功逆流而上的魚會變成龍昇天的傳說。

因此經常會將登龍門用作「出人頭地」的意思來使用。

我希望Super Junior
將來能這樣登上龍門。
為了成為超級明星，
一定要登上龍門！

所以一定要有信心！
因為能成為
Super Junior的成員
就已經是登上龍門的
一半了。

現在只要
變成龍
就可以了吧。

砰！

天啊！
不是…
那個龍吧？

哈哈哈！總之，
Super Junior馬上就會成為
超級明星的象徵
或代名詞的。

因為各位
都有足夠的能力！

點頭

點頭

真感動！

光是用說的就好令人心動！

都不明白有這麼深的用意，還在那邊發牢騷。

就是說啊。

那個…

嚓

應該不是因為上次我們對實驗團這個說法感到憤怒，才急急忙忙地想出這種概念吧？

咳！不…不是啦。

總…總之，從現在開始我們只要向前看就行了。

加油！

嗯！

加油！

只要戰勝波濤洶湧的水勢，就能成為龍了！

從那天之後，Super Junior的成員們度過了比任何時候、比任何人都還更加熾熱的每一天。

有了目標之後，大家都更認真努力了。

這還是第一次覺得身體很累，但心情卻這麼輕鬆呢。

幾個月後

很好，就這樣！

換一個姿勢！

正洙，
稍微抬頭一點！

這樣嗎？

對了，現在是不是
該叫你利特呢？
利特！

哈哈，
我們對藝名還不太
熟悉啦。

現在這樣很棒。

歷經嘔心瀝血的準備時間，終於要「真正出道」了。

2005年11月6日

今天是
Super Junior
出道歷史性的
一天。

究竟能不能
像之前準備的一樣，
展現出帥氣的
舞台呢？

嚓

這是什麼啊？

終於，
我們所期待的
那一刻，

到來了！

2005年11月6日，Super Junior成功出道了。

音樂公演的型態

★ ★ ★

不是透過音響設備，而是真的與藝人面對面地觀看並聆聽，這種音樂更能帶來與眾不同的感受。試著瞭解一下各種型態的音樂表演吧。

♦ 音樂會和演唱會

我們常說的偶像明星演唱會嚴格來說就是音樂會（Recital），也就是由一名或一組藝術家在觀眾面前唱歌或演奏樂器的獨唱會（獨奏會）的意思。其實，演唱會（Concert）是指藝人在觀眾面前演奏音樂，單純演出的方式。隨著「演唱會」一詞的廣泛使用，現在不僅指音樂演出，也泛指各種類型的文化演出的過程。

♦ 音樂祭

音樂祭（Music festival）是指許多藝術家在慶典期間以接力的方式演出。主要以特定音樂類型的愛好者為對象舉辦，隨著1960年搖滾樂（Rock）在全世界大流行才開始出現，可以連續好幾天在露天公演場裡自由地享受喜歡的音樂。據說，被譽為世界最大規模的美國夏日音樂節（Summerfest）每年吸引了超過100萬名的觀眾。

♦ 街頭表演藝術

走在繁華的街道上，可以看到放著簡單的樂器和麥克風、攜帶型喇叭等唱歌的人。在路邊舉行的演出叫做街頭表演（Busk），而在路邊表演的藝術家稱為街頭藝

人（Busker），表示在街頭表演的街頭表演藝術（Busking）就是源自於此。比起透過表演賺大錢，他們把在街頭與觀眾交流、享受音樂視為最大的目標。

💎 線上演唱會

2020年，COVID-19在全世界擴散，無法舉辦各種聚集人潮的文化活動。因此，必須由藝人和觀眾面對面的音樂公演也長期未能舉行，所以有部分藝人利用直播網站舉辦了線上演唱會。雖然沒有在演唱會現場感受的臨場感，但可以即時和全世界的粉絲們溝通，另一種型態的演出方式就這樣出現了。

藏身於舞台後方的工作人員

★ ★ ★

光靠明星的力量是無法完成吸引目光和聽覺的帥氣舞台的。
到底是誰做出了這麼屬害的事呢？認識一下藏身於舞台後方的工作人員吧。

◆ 表演企劃

負責選定表演類別，並據此決定舉行時間和場所。不僅如此，還是負責
制定預算、進行宣傳等與表演相關工作的總指揮。從表演的開始到結束，
要負責所有過程。因此，具備與參加表演的所有制作團隊順暢地進行溝通
的能力非常重要。即使是微小的失誤都不能有，必須非常細心。

◆ 舞台設計總監

負責為歌手們搭建表演舞台的角色。不僅針對表演者，還要反映製作團
隊對影像、音響、照明等所有領域的意見和要求。因此，也需要廣播設備
和技術、影像、音響、建築、美術、室內裝修等多方面的專業知識，其中
合作能力最為重要。

ARTIST

◆ 舞台音響導演

負責表演現場所有音效。為了把舞台上的聲音生動地傳達給觀眾，要把音響設備安排在適當的位置，並事先進行細部的調整。還要先分析演出劇本，提前準備需要的音樂，並根據實際情況進行音樂表演，這也是音響導演的職責。

◆ 舞台照明導演

在表演現場中，指揮並負責照明相關事務的角色。就向大眾歌手的演唱都能被稱為「燈光秀」般，照明演出占有非常重要的比重。必須事先掌握舞台的大小、出場人數、攝影機位置、內容等，才能企劃照明演出的方式、時間、組合順序等。

💎 伴舞和和聲歌手

伴舞負責以編好的舞蹈來突顯歌手的舞台。必須要會跳各種類型的舞蹈，還需要能夠承受高強度的練習和堅持長時間表演的強韌體力。和聲歌手則是在歌手唱歌時加入和聲或讓歌曲變得更加豐富的角色。

💎 伴奏家

當歌手唱歌時，負責在後方彈奏樂器。不容易受到矚目，不過在現場演出中總是毫不失誤地進行演奏，特別是要和第一次見面的其他演奏者有默契，因此必須具備出色的演奏實力。不僅是表演，在錄製音源時也需要伴奏家的演奏。

💎 表演現場工作人員

負責引導並控制來到表演現場的觀眾。大量的觀眾一下子湧進表演現場，經常會造成現場混亂的情況，必須要預防可能發生的安全事故。各表演現場的工作人員必須堅守職責，才能保證表演順利進行。

ARTIST

第3章

化危機為轉機

…我會拒絕的
就這樣 Knock out

活在妥協的人生
I wanna Knock out…

從歌手生涯的
開始到結束…

哇啊啊～

那個團體⋯
叫什麼名字啊？
Super⋯

Super Junior！

對，
沒錯！

不過今天
不是他們的
出道舞台嗎？

我也聽說
是這樣。

不過你看看周圍，
粉絲團陣仗
也太浩大了吧！

就是說啊。

哇啊～

哇啊啊～

不過這好像是
理所當然的。

每個人都有著
花美男般的外貌…

成員那麼多，
還能跳出刀群舞，
真是實力派。

真的和其他
新人團體不一樣耶。

點
頭

感覺還不錯耶！

第一次聽他們的歌，
真是有中毒性…

是太帥了！

音樂結束了…

哈啊

哈啊

哈啊

哇啊啊～

抖

Super Junior的出道舞台非常成功。

隔天

天啊！
首頁的留言板癱瘓了！

什麼，
該不會被盜了吧？

不是⋯
是因為一夜之間
有很多人登入。

你看這裡。

哦哦～
全都在討論
Super Junior。

想知道Super Junior成員的個人簡介！有粉絲團嗎？[12] new!

太帥了！Super Junior出道的話，要其他歌手怎麼辦啊～[45] new!

急！！！請告訴我〈Twins〉的歌詞！[84] new!

想知道關於昨天出道的Super Junior [132] new!

Super Junior的氣球顏色和款式是什麼？[279] new!

Super Junior的主打歌〈Twins〉有兩個版本嗎？[457] new!

哇～原本就想說應該還
不錯，沒想到反應比想
像中更好耶！

音源網站
的成績也在持續
上升呢。

Super Junior比想像中更有人氣，原定3個月的活動期限結束後，也繼續進行著活動。

2006年5月

成為SM娛樂練習生的圭賢有著出色的主唱實力。

稍微練習一下一定可以成為優秀的抒情歌手。

鈴 鈴 鈴 鈴

天啊，不好意思！

是的，製作人。…現在嗎？

請問…

天啊！

Su…Super Junior前輩們！
還有代表？

嘰嘰

大家好！

拘謹

怎麼回事呢？

抖抖

沙沙

沙

我看看…

好好
分析一下吧！

什麼？
分…分析？我？
為什麼？

嗯…雖然沒有我這麼出色，但外貌算是及格了！

身形也沒問題…

現在該測試歌唱實力了…

歌唱實力的話，我可以保證。

曹圭賢！恭喜你，今天開始你就是Super Junior的成員了。

什麼？
怎麼這麼突然？

迷迷糊糊

我還以為我會以抒情歌手出道…

真是突然，不過竟然成為Super Junior的成員，實在不可置信！

加油囉，老么！

那就拜託了。

與出色的主唱圭賢一起演唱的歌曲，也讓Super Junior的第二張專輯的完成度提升許多。

這次的歌曲感覺很不錯！應該會紅！

這都多虧了孩子們才能完美詮釋。

2006年6月7日，Super Junior發行了單曲專輯《U》

2006年6月
最後一週的SBS人氣歌謠，
接下來只剩榮譽的大獎了。

究竟大獎
會落到誰家呢？

你看，我們也是候補耶。

哦～真的耶！

得到大獎的就是…

Super Junior的單曲專輯發行僅僅3週，就占據了音樂節目第一名，這也是出道後第一次奪得冠軍。

慶祝我們
第一個冠軍！

碰

碰

碰

耶～！

真開心！

這段時間
辛苦了！

你不覺得很漂亮嗎？

好美，
一閃一閃的。

看到獎盃，
累積下來的疲勞
也慢慢消失了。

我們把今天定為國慶日，
把獎盃當成寶物吧！

不行啦！

如果我們一直
拿到冠軍，這
樣國慶日不就
太多了嗎？

啊，也是！

敲

什麼啊？
那個像笨蛋一樣的對話⋯

哈哈哈哈

我們真的
還有機會嗎？

雖然比起預定的3個月，
已經延長活動時間，
甚至還發行單曲專輯，
但我們依舊是實驗團啊，
不是嗎？

沙沙～

唉唷～哥！
在今天這種好日子，
怎麼說那種話啊？

對啊，以後繼續努力，
總會有那麼一天的！

嘖…不過希澈哥說的也沒錯。

這還不一定呢。

?

對Super Junior來說，真的會有那麼一天嗎…

我覺得這不是不可能的。

怎麼說？

就像你說的，我們不會知道未來的事情。

不過，如果能明確表現出我們的可能性…到那個時候，會不會有所改變呢？

你想想看，
一開始我們注定要在三個月後
離開舞台。

不過活動時間不是一個
月又一個月地增加，
一直到現在了嗎？

啊，也就是說，
我們的未來也一直
在改變囉？

我就是這個意思。

…

咳咳！

105

都到了嗎？
一，二，三，四…十三！
呼～

今天有重要的事
要宣布，所以才
叫了你們。

該不會是…
那件事？

這件事必須得和當事人，
你們先說一下。

該來的
終於來了。

哈啊…

今天開始，
Super Junior⋯

緊張

啊啊⋯！

就是正規團體了。

什麼？

咦？

哇啊啊啊啊啊─！
謝謝你，代表！

嗚嗚嗚，
我就知道會這樣！

知道會這樣
還哭什麼啊？

Super Junior創下的 最初、最高的紀錄

★ ★ ★

被提議以僅僅3個月限時活動的Super Junior是如何成為韓流之王的呢？
來看看他們的最初、最高的紀錄吧！

♦ 第一個大型團體

刚出道時，Super Junior的成員數絕對引起了話題，但也有人持否定態度，認為「粉絲會感到混亂」、「舞台效果會很不整齊」等。儘管如此，Super Junior還是成功了，之後歌謠界開始出現了多人團體。Super Junior登場後，偶像團體的舞台表現重心從單純的群舞變成了靈活運用人數所組成的表演。

♦ 第一個實驗團，以及小分隊

雖然後來變成正規團體，但出道當時，Super Junior仍是最初被企劃成實驗團的團體。另外，Super Junior還首次嘗試組合部分成員單獨發行專輯的小分隊活動。透過Trot小分隊「Super Junior-T」更親近粉絲們，透過抒情小分隊「Super Junior-K.R.Y.」唱功得到了認可，並打破了對偶像的刻板印

象。中華圈小分隊「Super Junior-M」則成為Super Junior躋身世界級團體的基礎。

◆ 在台灣KKBOX連續奪冠122週

Super Junior從2010年6月的第一週到2012年9月的第三週,接連三張專輯大賣,在台灣最大的音樂網站KKBOX的韓國專輯排行榜上足足占據了121週的冠軍。這是任何人都沒有創造過的紀錄,也是非常不容易被打破的佳績。不過,2020年Super Junior打破了自己的紀錄,創下了122週排名第一的新歷史。這讓我們看到了,即使時間流逝,他們地位仍然屹立不搖。

◆ 韓國團體最初,嘗試將演唱會品牌化的世界巡演「Super Show」

2008年,Super Junior舉辦了首次海外巡迴演唱會「Super Show」。第一年的演出就吸引了超過8萬6千多名的觀眾,隔年的規模更大,達到16萬5千

多名，到了2010年還增加到28萬名。以2019年10月為基準，Super Junior大概舉辦了140場左右的演唱會，累計觀眾人數也達到200萬名。隨著次數增加，演出的完成度也越來越高，因此Super Show成為備受眾人喜愛的K-POP表演。Super Show也被譽為第一個成功實現品牌化的偶像演唱會。

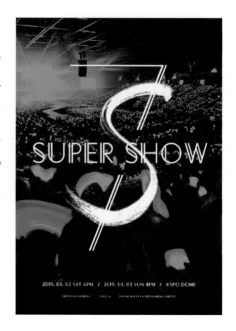

♦ 韓國團體最初，牛津大學演講

2013年11月，Super Junior在英國世界級名校牛津大學發表演講。演講題目為「Super Junior: The Last Man Standing」，Super Junior以韓流主角被邀請。Super Junior將之前所創下的紀錄換算成數字展現出來，並分享了唱片和演出的製作過程，以及親身經歷韓流風靡的故事。聽說，參加演講的聽眾向身為最佳K-POP歌手的Super Junior詢問遇到困難時克服的方法、持續熱情的原動力等各種問題。

♦ 韓國團體最初，法國單獨演唱會

2012年4月，Super Junior在法國舉行韓國偶像歌手的首場單獨演唱會。當時K-POP也和現在一樣廣受矚目，包括法國在內，英國、德國、波蘭、

匈牙利等歐洲各地的粉絲們都紛湧而來，令人切實感受到Super Junior的人氣。特別是粉絲們用完美的韓語跟著唱出Super Junior所有的歌曲，讓成員們都大吃一驚。

◆ 亞洲歌手最初，沙烏地阿拉伯單獨演唱會

Super Junior在2019年7月於沙烏地阿拉伯舉行單獨演唱會。聽說，Super Junior是第一個在沙烏地阿拉伯舉行單獨演出的亞洲歌手。演唱會門票在預售3個小時之內就被搶購一空，而且也因為蜂擁而至的粉絲們，導致網站癱瘓。

ARTIST

第4章

成為
韓流之王！

有什麼方法可以立即提高收視率呢？

邀請Super Junior當嘉賓怎麼樣？他們可是最近的當紅炸子雞呢！

咦？Super Junior還有在活動嗎？他們不是限時活動，已經解散的團體嗎？

我的天啊！製作人！你的資訊怎麼會那麼跟不上時代啊！

抖抖抖

怎麼了？

因為驚人的人氣和粉絲們的支持，他們已經變成正規團體了。

所以最近人氣一直在上升…！

是嗎～？

所以才會到處都能聽到Super Junior的事啊。

你早該聽進去了！

那你趕快去邀請吧！如果無法邀請整個團體，幾個成員也行！

嚓！

是，我馬上就去辦！

隨著限時活動的壓力消失，成員們終於能用輕鬆的心情站上舞台了。

我們是～Super～Junior～！

滴哩哩哩~

您好，我是 Super Junior的經紀人。

什麼？綜藝節目的主持人嗎？

這當然好⋯不過我們還沒有涉足這個領域，所以還不能⋯

那麼我先和成員們討論一下，再連絡您。

⋯

發生什麼事了？好像是邀請電話耶？

對，沒錯。最近光一天就有破百通的邀請電話呢。

舞台劇、電影、電視劇，現在甚至還有出演綜藝節目的提案。

哦哦，真是太好了。

不過你的表情怎麼那麼黯淡？

其實我有些煩惱，現在還只是出道初期，是不是該忠於歌手的本業…

當然其他成員的想法也很重要。

如果因為急著挑戰其他領域，而表現出不熟練的樣子，會不會讓粉絲們失望呢？

嗯…

當然不可能從一開始就表現得很好，但這個問題不是遲早都會遇到的嗎？

117

Super Junior成員們將活動領域從電視綜藝節目擴展到舞台劇、電影、音樂劇等各方面。

121

好音樂就該一起聽啊！

嗯～抒情樂！
還不錯耶！

啪啪啪

嗯？

什麼啊？
是演唱會嗎？

果然是
主唱們！。

啪啪

122

2006年11月，藝聲、厲旭、圭賢組成了抒情小分隊Super Junior-K.R.Y.。這是Super Junior的第一個小分隊活動，也是韓國第一個偶像小分隊。

加入Super Junior後，
暫時擱置的抒情歌手夢⋯
比想像中更快地實現了。
真幸福！

Super Junior-K.R.Y.在日本發售了單曲專輯，還參與了電視劇OST，展現出極佳的演唱實力。

Super Junior-K.R.Y.在粉絲間得到良好的反應，之後Super Junior還推出了Super Junior-T、Super Junior-Happy、Super Junior-M和Super Junior-D&E等各種小分隊。

台灣

妳這麼認真，是在看什麼啊？

啊！

我在看YouTube上韓國偶像團體的影片。

咦？妳對韓國偶像有興趣哦？

妳的興趣真是特別。

呵呵

這是一個叫Super Junior的團體，我也是最近偶然知道的。不過一旦開始看，就停不下來了。

妳不是不懂韓文嗎？那聽得懂歌詞嗎？

就是說啊。

也不是一定要聽得懂才能欣賞音樂啊。

妳們先看看這個！真的很有中毒性！

咻

咦咦？

Super Junior-U

Super Junior—Rokuko

Rokuko～Rokuko～

咦，我現在唱的是什麼歌啊？

啊，應該是剛剛看到的韓國偶像團體！

喀！

真的很有中毒性耶，一直想要哼，得趕快回家找來看看！

哦哦～剛好開始發售新專輯了！趕快來聽聽看吧！

2009年3月12日，Super Junior發表了第三張正規專輯《SORRY，SORRY》。

因為輕快的旋律和反覆性的歌詞，以及獨特的舞步廣受好評。

第一名得主
就是…

SBS人氣歌謠
這週的
第一名是…

又是他們了呢！

Super Junior
〈SORRY，
SORRY〉！

Super Junior
連續5週獲得了
第一名！

這是Super Junior以〈U〉首次登上冠軍後，時隔3年終於在國內所有音樂排行榜中占據第一名的位置。

《SORRY，SORRY》不僅在韓國國內，在海外也獲得爆發性的人氣，Super Junior終於迎來擔任K-POP韓流中心的契機。

哇啊啊～

哇啊啊啊～

2012年

這週台灣KKBOX公告排行榜了。

在韓國專輯排行榜中，Super Junior還是第一名，這已經是第100週了。

哇…這個紀錄實在是太驚人了，還有誰能打破這個紀錄呢？以後還有機會被打破嗎？

不過我有一件事很好奇。

？

到底Super Junior能占據第一名到什麼時候呢？

哈哈哈

呵呵呵

Super Junior從2010年6月第1週開始，到2012年9月第3週為止，光是以〈美人啊〉、5輯〈Mr. Simple〉、〈Sexy, Free & Single〉3首歌就占據了台灣KKBOX韓國專輯排行榜121週的第一名，創下了紀錄。

哇…竟然連續121週，是怎麼辦到的啊？

就是說啊。

雖然是我們做到的，但還是無法置信。

你在做什麼啊？

我要在網路上問問看Super Junior的人氣祕訣。

呃！

您有一則回應。

啊！有回應了！

Q Super Junior的人氣祕訣是什麼呢？

回應：長得帥。

咦？就這樣？

長得帥？

嗯。

馬上選為正確答案！

對啊，祕訣就是這個！

其實我也不知道會是這樣耶。

果然！

有沒有什麼能為海外粉絲做的呢？

我們能做的只有一個！

Super Show！

「Super Show」 是Super Junior從2008年開始的演唱會。從國內開始，再向亞洲巡演、世界巡演，規模越來越大，經年累月，終於被認定為是世界級的演唱會。

從Super Show 4 開始就不再是亞洲巡演了，而是世界巡演！

我已經開始期待了！

好，接下來這個環節是「尋找名偵探！」。

前面五位會負責吃紅豆冰，但這五個紅豆冰中，只有一個紅豆冰是真的！

等等，那其他的紅豆冰呢？

其他四個會是由鹽巴和炸醬所製作的冰。

呃呃！

好，那請五位開始試吃紅豆冰吧！

用力

嗯～！

一口

135

天啊！
好…好鹹！

不過…
就這樣表現出來的話，
節目可能就毀了！

要忍住！

抖 抖 抖 抖

咦？
利特好像有點奇怪耶？
該不會是假的
紅豆冰吧？

才不是～
我吃的是真的
紅豆冰！

裝 蒜

你看！
我就說這個是真的！

嗯～

真…真的嗎？

天啊！
那你沒事嗎？

當然不可能沒事啊！

好不容易
才結束了拍攝，
然後…

我怎麼會
這麼全身
無力呢？

搖 晃

希澈，
你說Super Junior的人氣祕訣是誠實和謹慎，請問有沒有什麼小故事呢？

其實出道大概一個禮拜，我曾經和公司的代表通過電話，大哭了一番。

咦，
為什麼呢？

不管怎麼想，我覺得Super Junior應該不是我該待的地方！我…真的做不下去了！嗚嗚…

嗚嗚

嗚嗚

憷～

希…希澈啊，
不能明天再說嗎？

那個時候因為觀眾突如其來的關注，覺得自己應該要做得更好，而產生沉重的負擔感。

也苦惱了很久，我該展現出什麼樣的面貌給社會大眾呢？

那麼你是
怎麼解決的呢？

138

經過深思熟慮得出的結論就是謹慎，還有要誠實的行動。

只想著要給別人看到好的一面而刻意塑造形象，這並不符合我的個性。

所以我打算毫不修飾的行動，不論是在攝影機前，或是平常！

啊哈，那麼希澈在節目中各種引人注目的語氣和行動都是真的啊！

沒錯，多虧這些，我才能在綜藝節目中起到娛樂大眾的作用。

怒視

如果說利特是學習型主持人，那麼我應該就是他的相反吧。

不過兩位也有些共同點，那就是在歌手和主持人兩個領域都表現得非常出色呢！

席捲世界的韓流風潮

★ ★ ★

韓劇、K-POP、韓國電影…韓國的大眾文化成為了世界的主流。
讓我們來了解一下主導世界的韓流吧。

💎 所謂的韓流是什麼呢？

韓流是指，從1990年代中期開始，韓國的電視連續劇和電影、大眾音樂以亞洲地區為中心獲得人氣的現象。「韓流」一詞是由表示韓國的「韓」，和表現某種特性或獨特傾向的「流」組合而成的新造語。從2000年左右開始，為了表現在中國產生的韓國大眾文化熱潮，因而開始使用這種說法。始於中華文化圈的韓流風潮，之後擴散到越南、泰國、印尼、菲律賓等整個東南亞，2000年以後脫離亞洲地區，擴散到全世界。初期，以韓國電視劇引領韓流，但現在被稱為K-POP的韓國流行音樂主導著韓流。

💎 韓流的人氣祕訣

社會大眾長期以來，透過電視和廣播等媒體接觸大眾文化。隨著時代的發展，大眾文化的內容和流行趨勢發生了變化，但廣播媒體的傳達方式卻還是老樣子，媒體給出什麼樣的訊息，大眾就看什麼、聽什麼。不過，隨著網路的出現，接觸大眾文化的方式也發生了變化，可以直接搜尋自己想

要的內容來做選擇。也就是說，就算不出演電視和廣播節目，也可以在地球另一端享受韓國流行音樂。此外，追求多樣性的世界潮流也為韓流的世界化做出了貢獻。

💎 韓流的效果

　　韓國的大眾文化在海外獲得人氣，並不代表韓流將就此結束。韓國電影和電視劇的興盛使韓語授課者急劇增加，K-POP偶像的成功也深深地影響了外國觀光客到韓國旅遊的人數。甚至使韓國食品、化妝品、家電產品等，擴大了全世界對韓國商品的偏好。比起這種經濟利益，更重要的是提高了韓國在全世界的地位和影響力。

💎 用圓餅圖和圖表看韓流

❶ 由111個國家，12,663名的外國人所選出最喜歡的K-POP偶像是？

第1名	BTS	36.1%
第2名	EXO	10.4%
第3名	Super Junior	8.2%
第4名	BIGBANG	5.6%
第5名	神話	3.0%

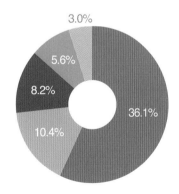

❷ 初次認識K-POP偶像的途徑是？

第1名	YouTube	30.6%
第2名	電視	29.4%
第3名	其他	23.8%
第4名	家人、朋友的介紹	16.2%

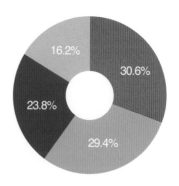

❸ 為了看喜歡的偶像們經常所使用的方式是？

第1名	YouTube	37.6%
第2名	網路社群	37.5%
第3名	其他	24.9%

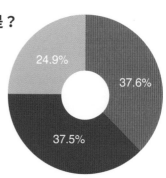

最近3年內曾經訪問過韓國 67.9%

因為K-POP而決定前往韓國觀光 86.8%

❹ 除了K-POP之外，還關心什麼韓國文化？

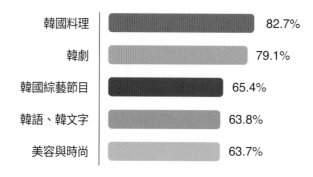

韓國料理　82.7%
韓劇　79.1%
韓國綜藝節目　65.4%
韓語、韓文字　63.8%
美容與時尚　63.7%

❺ 曾經在韓國做過什麼與K-POP相關的活動？

購買與明星周邊相關的商品 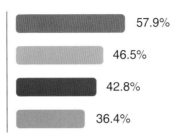 57.9%

拜訪地下鐵、建築物廣告看板等的明星廣告現場 46.5%

拜訪經紀公司或經紀公司官方周邊產品賣場 42.8%

拜訪MV拍攝場所、明星去過的地方 36.4%

對這種活動的滿意度為？ 90.1%

❻ 以後會以觀光為目的訪問韓國嗎？

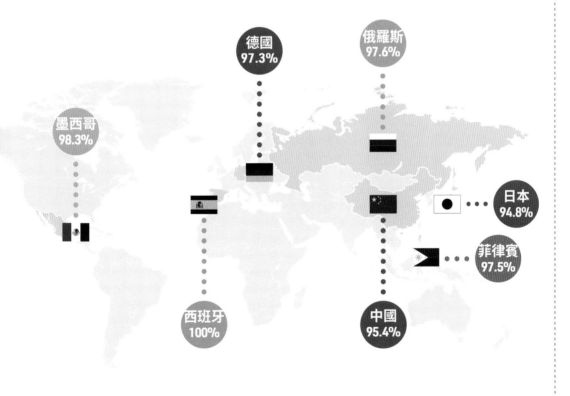

德國
97.3%

俄羅斯
97.6%

墨西哥
98.3%

日本
94.8%

菲律賓
97.5%

西班牙
100%

中國
95.4%

第5章

拋棄對偶像的偏見！

現在來聽聽看屬旭的故事吧。

說你打破了「偶像歌手唱功差」的偏見是嗎？

TALK & SHOW

不久前，我出演了隱藏身分的唱歌節目，並獲得優勝。

得意 洋洋

不過比起結果，其中一位評審團前輩的話更讓我印象深刻。

一直以來，我都先入為主的認為「偶像歌手能有多會唱」。

不過今天屬旭打破前輩的老舊偏見，真是謝謝你。

哇，這真是一個很大的讚賞呢。

那麼，在長時間的歌手生涯中，有沒有不知不覺變得倦怠或懶惰的經驗呢？

我曾經有過類似的經驗。

2017年的某一天

屬旭從2016年10月開始，在陸軍樂隊履行國防義務。軍樂隊在軍隊各種活動中負責音樂事務，由接受專業音樂教育的官兵組成。

冷～　清～～

這就是全部的觀眾啊…
身為韓流明星Super Junior
主唱的厲旭…真是屈辱！

喂，小夥子！

！

你不唱歌是在
做什麼啊？是
忘詞了嗎？

才…才不是呢！

軍樂隊主要參與國家大大小小的活動，有時為了地區居民還會舉行小型演出。

我是歌手還是軍人啊？現在感覺好像只是個流浪團員…

手舞 足蹈

哎呀～太棒了！

Super Junior的歌曲中也有很多好歌，每次都只唱其他歌手的歌，真的好累…

好想趕快退伍，站上真正的舞台！聽著E.L.F的歡呼聲…！

作為偶像明星的厲旭只站上過浩大且華麗的舞台，他對作為軍樂隊一員的生活感到非常陌生。

不過有一天

工作時間都結束了，是誰在練習室呢？

金兵長，您還在練習啊？

啊，是屬旭呀。

您不是馬上就要退伍了嗎？應該不用再練習了吧…

因為怕會留下遺憾啦。

距離退伍沒剩幾天，能站上舞台的機會也不多了，如果還失誤的話一定會很後悔。

啊…

原來他只是純粹喜歡音樂，享受著舞台啊！

我們現在也快要結束活動了。

有什麼關係啊！要玩到最後一刻！

我們也曾經是這樣的。

當然囉，要帥到最後！

啊！

這樣看來…我是從什麼時候開始變成這樣的？這麼害怕上台，還評論觀眾…

光是能站上舞台，就應該抱著感謝的心…

這段時間，一直都站在浩大又華麗的舞台上，不知不覺就變得隨便起來…

怒氣

原來是軍隊治好了屬旭的大頭症。

大頭症可沒藥醫呢，真是幸好。

哈哈哈！

怒氣

對了，藝聲也正在以音樂劇演員身分活動著，有沒有什麼故事呢？

剛開始挑戰音樂劇的時候，因為我的職業還只是偶像，所以曾經很辛苦。

金鐘雲？沒聽過耶？是新人嗎？

雖然是新人，但也可以說不是新人。金鐘雲是Super Junior成員中藝聲的本名。

咦？偶像歌手？

嗯～
讓偶像來演音樂劇
有點…

怎麼了？
這樣應該對振興音
樂劇有所幫助吧。

音樂劇除了歌聲，還
要會演戲不是嗎？這
對偶像來說，應該不
太可能吧。

都還沒試試看，
怎麼知道呢？

好吧…
先試鏡看看吧，
雖然我也不抱
太大的期望。

我還蠻期待
的說…

153

太過分了！都不清楚我的實力就這樣想…

要不要馬上開門進去大鬧一場呢？

不…不過現在不管說什麼都沒有用，因為…他說的也對。

藝聲為了配合音樂劇的發聲、歌曲和演技，不斷的努力。

結果會證明一切。在那之前，我能做的就只有努力。

終於…

歌聲比預期的還好，演技也還不錯！

竟然因為是偶像就小看他，真是不好意思。

154

挑戰音樂劇的藝聲推翻了大家的想像，展現穩定的演技，並以此為契機，不斷擴大演員的活動。

偶像真是一個辛苦的職業，越是這樣，樂觀的心態就越重要…

說到樂觀的話，就是我了！

神童！
Super Junior中樂觀的指標！

噔噔

啊，好像真的是這樣耶！神童的表情總是很開朗呢。

不過其實在Super Junior中，神童的煩惱算是比任何人都還多呢。

點頭點頭

是嗎？

2005年

多才多藝，有著超高爆發力的東熙是個才華洋溢的人。

大家好，我是要加入Super Junior的申東熙。

恭敬

哇…大家都好像從純情漫畫中走出來的花美男哦！

閃耀

閃耀

反觀我…

飽滿

柔軟

我要怎麼加入這裡啊？

沮喪

嗯？你問我為什麼要選東熙你加入Super Junior？

是的，我實在不能理解。大家都是花美男，但只有我…

哈哈哈！

東熙，
並不是只有長得帥、身材高挑的人才能得到大眾喜愛。

我們認為多樣性才是重點，也相信東熙的才能和自信！

沒錯，
每個人都有優點和缺點。

點頭
點頭

仔細尋找的話，
成員們肯定也有什麼弱點的。

嚓

說不定與外表不同，可能是個音癡呢！

啦～
啦～
啦～

天使的合音～

天啊！

呵呵…
也有很多人身材好，
但卻不會跳舞。

哇…
根本就是舞蹈
之神！

慌張

咻
咻
咻

是啊，就算是花美男，睡覺的
時候也會變得亂七八糟吧！
幫你留下屈辱的影像吧！

碰

嗚嗚

搞什麼啊！連睡覺
都像個雕像似的！

出道初期，在成員們之間，神童總是自己退後一
步，縮在一旁。

可以的話，
最好不要發現我。

不過有一天

什麼？
bo…bobobo？
你在說幼兒節目嗎？

嗯，很突然吧？
竟然邀請偶像…

不過，
怎麼會邀請我呢？

應該是因為你有著
圓滾滾、好親近的
形象吧？

啊…

沒錯！
就是這個！
有趣又親切
的形象！

我來試試看，
應該沒問題。

神童成為第一個進行幼兒節目的偶像歌手。

大家好，
我是圓滾滾的
神童！

大家！
我愛你們！

展現出機智的口才和熟練主持能力的神童，之後還出演電台DJ和
綜藝節目，深受好評！

因為原先自卑部
分，才塑造出神童
這樣獨特的角色，
對吧？

果然，
神童真的是樂觀的指標，
沒錯！

嘿嘿！

這樣看來Super Junior
之間似乎沒有不和，
實際情形
是怎麼樣呢？

雖然現在關係很好，
但並不是一開始
就這樣的。

把手拿開，
好重！

以後不要再擊掌了，因為哥哥我一天都不知道做了幾次了！真的好煩！

幹麼要因為這樣就生氣啊！

我不想再看到你了！

你是真心的嗎？

以後看不到我，你真的活得下去嗎？

那當然囉！絕對沒問題！

我～絕對會活得好好的，絕對沒問題～！

怒吼

最後結果
怎麼樣呢？

後來約好一天
只能擊掌和握手三次。

啪！

簽名。

契約書

一天只能擊掌和
握手三次。

你也要遵守約定哦。

雖然看起來只是件小
事，但對我們來說是
很重大的事件。

因為曾有過衝突
的成員們，終於認知到
「你我的不同」，
並包容對方。

哦，聽起來
真的是這樣耶。

長久以來的爭吵，
歷經無數次錯誤，
才終於醒悟了。

無關個人的能力或意志，
如果互相不認可的話，
光是要向對方前進一步
都很難！

讓偶像閃閃發光的人們

★ ★ ★

成為偶像明星是來自自身的天賦和努力的結果，
不過偶像的形象則是由很多人共同努力的結果。
究竟他們是誰呢？

◈ 經紀人

負責管理偶像們出演電視節目等與演藝活動相關的所有行程，以及決定是否參與演出、片酬協商、演出契約等業務，也負責管理收入。為了讓偶像明星們順利完成所有活動，還要負責駕駛、警衛、打雜等。另外，也要向很多人宣傳偶像。

◈ 聲樂教練

主唱（vocal）是指唱歌的角色或做這個工作的歌手的音樂用語。聲樂教練是為了提升歌唱能力而專門進行訓練和指導的人。從唱歌時的呼吸、發聲、聲線等基本功開始，幫助歌手能具備與其他歌手不同的能力。

◈ 音樂製作人

　　負責作曲編曲的作業，並決定在其他作曲者的歌曲中，與偶像明星合適
與否。另外，在攝影棚和音樂技師、音樂家的交涉、錄音等歌手的音樂和
專輯製作過程中，也會進行全盤監督和主導。最近也以電視選秀節目評審
身分登場。

ARTIST

♦ 編舞家・舞蹈總監

負責創作和教授符合音樂的舞蹈形態或進行的人。不僅是舞蹈，歌手的表情和動作、伴舞團的動線，甚至到布景、氣氛等，在舞台上演繹的所有情況都由編舞家負責，編舞家也越來越重要。因此，編舞家這個名稱也慢慢改為舞蹈總監。

♦ 造型師

是指在各種廣播、表演、廣告領域中，按照表演意圖搭配演出者的服裝和髮型、妝容、飾品等的人。不僅要熟知最新的流行趨勢，還要精通時代歷史，需要出色的感知和敏銳度，也必須具備攝影和表演方面的知識。

♦ 視覺總監

　　視覺總監負責企劃偶像們獨特的形象，並創造出視覺效果。根據定下的主題，企劃並執行MV或照片藝術工作、舞台和服裝、時尚畫報企劃等所有視覺內容。也經常會有造型師積累經驗後，發展為視覺總監的情形。

第6章

一起
SUPER Clap！

那麼，最後一個問題。之所以會有現在的 Super Junior，最要感謝的人是誰呢？

當然是一直在我們身邊的家人和粉絲們不是嗎？

點頭
點頭

我特別感謝我爸爸，因為他讓我重生了兩次。

你說重生了兩次嗎？

我第一次聽說耶…可以說說看是發生什麼事了嗎？

2007年4月19日，結束行程回到宿舍的利特、神童、銀赫、圭賢遭遇了重大交通事故。

曹圭賢患者胸部的負傷特別嚴重。

依他現在的身體狀況是不可能做手術的。

就算順利完成手術⋯也有可能以後再也不能唱歌了。

！

因為手術器具一定要從喉嚨穿進去，所以⋯

絕對不行啊，醫生！

175

2019年5月

Super Junior的圭賢，最後一個服完兵役，即將回到Super Junior！麻煩大家了。

找回了健康，身上有著交通事故後遺症的圭賢也以社會福祉要員的身分服完兵役。

在眾人的擔心和憂慮以及期待之下，Super Junior以完全體發行了第9張正規專輯《Time_Slip》，開始活動。

當然也有對出道15年的偶像提出疑問的人⋯

Re: 成為中年大叔的Super Junior也是偶像嗎？

Re: 不過Super Junior是歌手嗎？

Re: 不是諧星嗎？還是主持人？

Re: Super⋯現在就算出了歌，應該也沒什麼人知道吧。

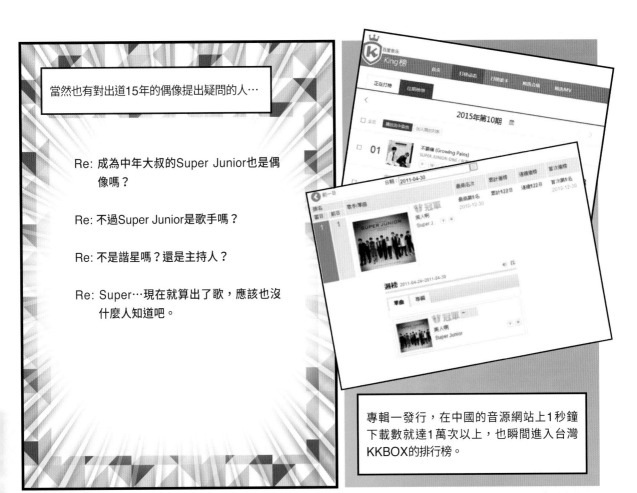

專輯一發行，在中國的音源網站上1秒鐘下載數就達1萬次以上，也瞬間進入台灣KKBOX的排行榜。

2019年7月，在沙烏地阿拉伯的第二大城市吉達成功地舉行了世界巡迴「Super Show 7S」，也創下亞洲歌手初次在沙烏地阿拉伯表演的紀錄。

2020年3月

你們聽說台灣KKBOX排行榜的事了嗎？

2010年6月第一週開始，Super Junior連續121週占據冠軍寶座的紀錄終於被打破了…

天啊！是…是誰打破了那個紀錄啊？

我還以為那個紀錄會維持100年呢…

別開玩笑了！快說～

就是Super Junior！你們啦！

什麼～？

真的嗎？

我的天啊，這怎麼可能？

Super Junior從2017年11月正規8輯發行當日登上榜首之後，一直到2020年3月，連續122週占據冠軍寶座。這次他們又再次刷新10多年來自己所創下的紀錄。

178

I AM
結束之前

1分鐘後要開始第2集了。請各就各位！

嘶⋯呼～！

咦？
你還會緊張啊？

不是啦。

我突然明白了，我的心現在之所以會撲通撲通地跳，並不是因為緊張。

不然呢？

INK I AM Super Junior

作　者	Story Lab 스토리랩
繪　者	孫枝允 손지윤
譯　者	許文柔
圖片提供	達志影像
總 編 輯	初安民
責任編輯	宋敏菁
美術編輯	賴維明　黃昶憲
校　對	宋敏菁

發 行 人	張書銘
出　版	**INK** 印刻文學生活雜誌出版股份有限公司
	新北市中和區建一路 249 號 8 樓
	電話：02-22281626
	傳真：02-22281598
	e-mail：ink.book@msa.hinet.net
網　址	舒讀網 http://www.inksudu.com.tw

法律顧問	巨鼎博達法律事務所
	施竣中律師
總 代 理	成陽出版股份有限公司
	電話：03-3589000（代表號）
	傳真：03-3556521
郵政劃撥	19785090　印刻文學生活雜誌出版股份有限公司
印　刷	海王印刷事業股份有限公司

港澳總經銷	泛華發行代理有限公司
地　址	香港新界將軍澳工業邨駿昌街 7 號 2 樓
電　話	852-27982220
傳　真	852-31813973
網　址	www.gccd.com.hk

出版日期	2020 年 10 月　初版
ISBN	978-986-387-362-4

定價　　580 元

I AM 아이엠슈퍼주니어 (I AM SUPER JUNIOR)
Copyright © 2020 by 스토리랩 (StoryLab), & 손지윤 (SON JI YUN, 孫枝允),
All Rights Reserved
Complex Chinese Copyright © 2020 by INK Literary Monthly Publishing Co., Ltd
Complex Chinese translation Copyright is arranged with RH KOREA Co., Ltd
through Eric Yang Agency
Printed in Taiwan

國家圖書館出版品預行編目資料

I AM Super Junior / Story Lab 著 / 孫枝
允.繪 / 許文柔 譯 -- 初版 . -- 新北市中和區：
　　　　INK 印刻文學，
2020.10　面；19 × 26公分. --（Smart 30）
　ISBN 978-986-387-362-4　　　（精裝）

I AM